KB024271

엄니와
티모꾼

시인의 말

돌아보면 길 위의 생이었다.
힘들거나 아프거나 기쁘거나 슬프거나
나는 내게 놓인 길을 걸어 왔을 뿐이다.
길 위에서 보낸 한 생을 시집으로 묶는다.
이 얇은 시집에 담긴 한 생의 평가는
온전히 독자들의 몫이다.
이제 다시 길을 가야 한다.
남은 **生**도 길 위에 있을 것이다.

2017년 11월

다시 길 위에서
김종수

차례

1부. 하얀 나비

2부. 속물

3부. 엄니와 데모꾼

4부. 혁명의 징조

발문

에필로그

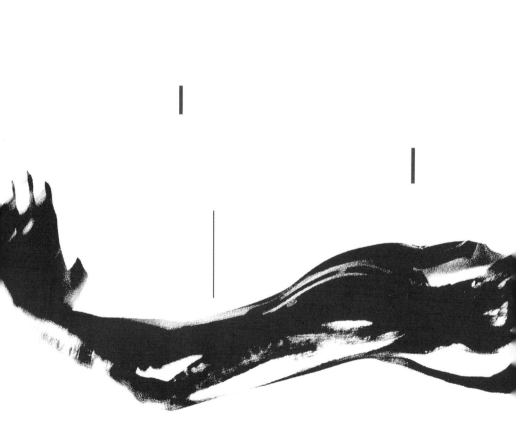

엄니와 티모쭌

김종수 시집

1부

하얀 나비

춘천
— 대바지강

흐르지 않는 강은 더 이상 강이 아닌데
의암댐이 생기고 반세기가 넘도록
대바지강은 잠들어 있네
중도와 근화동 사이, 신연강 한가운데
작은 솔밭 섬 있었네
하늘에서 보면 큰 바지 모양
대바지강이라 불렀네
국민학교 코흘리개 시절
대보지강에 놀러간다고 했다가
엄마한테 뒈지게 터졌지
맞은 이유를 알 수 없어
해가 지도록 서럽게 울었지
대바지강 솔밭섬에는 소나무 숲이 있고
숲 속에는 작은 연못이 있었네
소금쟁이 수면 위로 군무를 추면
송사리 버들붕어 물방개 토하 덩달아
물풀 사이로 신났었네

여우비 내리면 무지개 뜨고
아이들의 환호성, 웃음소리
구름 타고 하늘을 날았었네
대바지강은 흐르고 싶다네

엄마

국민학교 입학 직전, 엄마 손 잡고, 지금은 없어진, 중앙극장엘 갔었지, 빨간
마후라를 상영했는데, 그날부터 주야장천 빨간 마후라를 부르고 다녔던 거야

국민학교 입학식 날, 교장선생님 왈, 누구 나와서 노래할 사람 없냐고
저요, 훈시대에 올라섰지

빨간 마후라는 하늘의 싸나이 ♬
하늘의 싸나이는 빨간 마후우라 ♬

번개처럼 흘러가는 청춘에 대해, 그 꼬맹이가 뭘 안다고
쟤가 뉘 집 자식이여, 아주머니들 수군거렸지

번개 같은 청춘을 노래했던 그 조숙한 꼬맹이를
엄마는 한동안 자랑하고 다니셨다네

지난 이야기

지난 이야기
왜 이리도 단출한지
읽을 것도 없이 앙상하네

앞으로 이야기
풍성하진 않아도
앙상하진 말아야지
마음을 다스리지만
그 또한 욕심 아닌지
욕된 바람은 아닌지

수상한 세월
하 수상한 세월이라네

바람은 쐬는 것

바람의 정체도 모르면서
바람처럼 살고 싶단 바람이
얼마나 부질없는 바람인지
뜬금없이 가벼운 말인지
그대는 아시겠지
어디서 생겨나 어디로 가든지
부는 바람은 자유지만
그 바람 꽁무니에 매달려 있는 욕망
그 무게로 인해
바람은 바람이 될 수 없음을
욕망의 더께가 치석처럼 굳어서
얼마나 더 깎아내야
얼마나 더 비워버려야
인생은 바람이라고 말할 수 있을까
바람처럼 흘러갈 수 있을까
바람에 실려 정처 없이 흐르다

바람이 멈추는 곳 어디든
바람과 함께 쉬고 싶다면
그 또한 욕망일 뿐이야
바람은 쐬는 거지
가질 수 있는 게 아니라네

번개팅

모험인가
실험인가
설렘과 망설임의 칵테일
핑계 삼아 보고 싶은 사람들
그중에 더욱 보고 싶은 사람
더딘 시간의 흐름
서너 잔 쓸쓸히
자작이 돌아가는데
뭐예요? 혼자서…
환하게 마주앉는 이
더 오든 말든, 이렇게
나의 번개팅은 끝났습니다
천둥치고 비 오고요
술이 달달합니다

인생이란

식탁 위의 밥처럼
뜨거웠던 지난 시절을 조금씩 식히는 것

식탁 위의 촛불처럼
꺼져가는 불빛들끼리 조금 더 바라보는 것

파리들의 수난

쫓겨나면서 받은 쥐꼬리만 한 돈에 빚 보태서
먹는장사 밑질 일 없다고
작은 가게 하나 내서
식탁 의자 그릇 냉장고 냉온풍기 소품 몇 점
가게 꾸미는 손길마다 마지막 꿈을 새겨 넣었다
그럴싸한 그림 걸어 마무리하고
동네방네 감사와 축하의 말들이 오간 게 언제였던가
냉장고 밑에 먼지가 켜켜이 쌓여 갈 무렵
같이 일하던 언니는 그만뒀다
손님보단 빚쟁이의 발길이 잦아지고
빚 독촉하는 표정은 하루하루 험악해졌다
덩그러니 혼자 있는 시간도 익숙해질 즈음
파리채의 움직임만 빨라지고 있었다
그해 여름 파리들만 수난을 당했다
새겨 넣었던 일생의 마지막 꿈이 파리채에 쓸려
닳아 없어지고 있었다

가을

서늘한 가슴에 낙엽이 쌓였다
쓸고 또 쓸어도
낙엽은 다시 쌓였다
속수무책의 계절이다

측은지심 惻隱之心

그대가 어떻게 그토록 오래 슬픔을
품고 삭일 수 있었는지
그대가 어떻게 그토록 오래 노여움을
품고 삭일 수 있었는지
이제 알겠네
그대의 흐느낌이 무엇이었는지
이제야 알겠네
수십 년 허위허위 세월을 보내고
이제야 비로소 알았네

똥 눌 때

똥 누면서 생각하다가
뱃속의 똥이 모두 나왔으면 좋겠다
머릿속 숙변까지

논리

논리에 어긋나서
논리와는 거리가 먼 답변이라서
꼰대 근성이 또 근질거렸지만
입 닥치길 잘했다

아이의 짧은 즉답이
어쩌면 가장 이상적인 논리였다

명절 테러범

처음엔 안 그랬는데
옛날엔 설렘도 있었는데

육십이라고 누구나 다
귀가 순해지는 것은 아니었다

육십갑자 돌고 나니
명절이 명절이 아니다

명절 때마다
명절을 테러하고 싶다

척

슬픈데, 도무지
슬픈 티를 낼 수 없네요
아프다 하면 왜
꾀병이라 하는 건지
때론
위로받고 싶어도
위로받을 수 없는 건
강한 '척'하고 살았던
내 탓이란 걸 나도 압니다
그동안 스스로 견뎌내면서
자가 치유하며 살았나 봅니다
자신도 모르게 모난 돌이 돼
화석처럼 굳어진 '척'

그 모난 '척'이 어쩔 수 없는
세월에 마모된 걸
이제야 알았습니다
지금도 조금씩 깎이면서
점점 둥글어지고 있겠지요
곧 떠날 때가 된 겁니다

화花

매운 김치볶음밥이 먹고 싶어
이른 저녁 한 끼 때우고
나른해질 즈음 화투패를 보던
이월 매화, 구월 국화, 오월 난초
임도 보고 술도 먹고 뽕도 따겠네
횡재수라며 환해지던
어스름 녘 세 평 대기실
삶이 나를 속여 슬픈 게 아니라
내가 삶을 속여 노여운 거라고
낡은 액자 속 푸시킨의 넋두리가
기운 배처럼 출렁이던
어스름 녘 세 평 대기실
청춘의 한때가 저물거나 다시 피거나
그때 그 꽃들 붉게 번지는
어스름 저녁이 있다

모난 돌

그래 나 까칠하다
태어나길 까칠하게 태어났는지
어찌어찌 살다보니 몸에 뱄는지
그건 모르겠고
나, 까칠한 놈 맞다
알고 보면 부드러운 놈인데
그래
까칠한 게 더 많은 거 맞다
혹시
내 까칠함에 찔려
다치거나 아픈 사람 있다면
미안하다 용서해다오
그래 난
수 없이 쪼여도 싼
모난 돌 맞다

하얀 나비

눈이 내린다
최초의 발자국은
곧 지워지리라
오솔길 따라
산속 오두막에 가자
생의 내리막에서 펄럭거리는
빛바랜 깃발 같은
지친 마음 잠시 꼬드겨
눈 내리는 오솔길 따라
산속 오두막에 가자
그곳에 가서
꼬드긴 맘 토닥토닥 달래며
권커니 잣거니
널부러지도록 술잔을 꺾어야겠다
진탕 취해 김정호의
'하얀 나비'를 불러야겠다

나목裸木

타인이 흔들면 흔들리지 않으려
아랫도리 힘주고 우뚝 서 있었네
끙끙대고 뻐대며 살았네
탐하고 욕하며 살았네
돌아보니 부질없어라
흔들면 흔드는 대로
흔들려야겠네 이제는
흔들리다가 흔들리면서
털어버려야겠네 철 지난 것들
의식과 언어와 미련들을 잘라버려야겠네
다 털고 다 잘라버려야겠네
죽지 않으면 새순이 돋겠지
그 새순이 내 생에 마지막 꽃을 피우면 좋겠지만
아니어도 좋다네

2부

속
물

빼먹은 대가

당신의 쓴 물 단 물 눈물 콧물 다 빼먹고
당신의 기쁨 슬픔 아픔 모두 빼먹고
그렇게 한 시절 갔다고
내 고백에 당신은 빙긋 웃지요
알아요
지난 세월 당신을 빼먹은 대가를
이제 와서 톡톡히 치루고 있다는 것을
사소한 것까지 당신 꼴리는 대로
마음 놓고 잔소리하는 당신
계면쩍게 대책 없이 빙긋 웃는 나

다시 피는 꽃

내가 늦든지 당신이 늦든지
먼저 자고 있는 건 아니지
경우에 어긋나긴 하지만
선잠 깨우지 않으면
감사 땡큐 고마워
모른 척 깊이 잠든 척
그냥 자도 되겠지만
만약 깨운다면 비록
귀찮더라도 벌떡 일어나
하루 얘기 끄덕끄덕
맞장구치며 들어주는 것
그대 생의 넋두리도
내 몫이 되는 것
그리하여
꽃은 다시 피는 것

다시 한 번 묻고 싶어도

한때는 뜬금없이 묻곤 했지요
날 진짜 사랑해?
한 발짝 디딜 때마다 디딘 곳이 사라지는
시간의 계단을 오르다 보니 이젠
삶 자체가 그런 언어를 잊어버렸군요
날 사랑해?
묻지 말아야 할 것
아무리 물어봐도 답이 없는 것
속 뻔한 질문이지만 이젠 왜
그 질문조차 잊혀지는 걸까요
생生의 바람이 쉼 없이
세월의 등을 떠미는 게 안타까워
다시 한 번 묻고 싶어도
그냥 가슴에 물어야겠어요

그대를 아는 만큼만 안다는 건 결국
아무 것도 모른다는 거겠지요
아무 것도 모르기 때문에
이토록 흔들리는 거 아니겠어요

미안해

어설픈 지식 얕은 경험이 항상 탈이었어
못돼 처먹은 성격대로 직설적인
이미 출력된 가벼운 말들이
머릿속을 무겁게 질퍽거렸지
그대 가슴에 생채기를 내고 말았어
어떡해
미안해

후회한다면
진정 미안하다면
다음부턴 미안할 일 하지 않기

사랑과 이별

사랑과 이별은 가슴에 피는 꽃
한 뿌리에서 자란 두 개의 꽃

사랑하면서 이별의 씨가 자라네
사랑의 꽃이 지면서
이별의 꽃이 핀다네
이별은 통증과 함께 찾아오겠지만
이별 후에 후유증이 찾아오겠지만
이별하면서 사랑의 씨가 자라네

이별은 사랑의 씨앗이고
사랑은 이별의 씨앗이라네

딸에게

만약에
가는 걸음걸음
화려하지 않더라도

만약에
선택한 길이
힘들고 어렵다 해도

부디 두근두근
설레는 길이길!

설렘이 바람의 미소로
촉촉이 스미는 길이길!

설레는 가슴 함께
누리는 벅찬 걸음이길!

민달팽이

촉수에 잡힌
벌거벗은 연인을
아무것도 없어 가뿐한
그 부드러운 슬픔을
느릿느릿
뜨겁게 사랑하리라

염색

땡처리 자켓 한 번 세탁하자 희끄무레

그 자켓 입었던 마네킹 손님바라기

타는 애간장에 뭔들 견뎌냈겠어

염색약 값 삼천 원 룰루랄라

진한 블루 처음 해보는 염색

설렘 재미 기대 만빵 그러나 된장

티격태격 결국 마눌님께 염색권 강제 이양

와우 완벽해 물 잘 들었네

생일 선물 안 해도 되것슈

이런 고추장 간장 막장 된장

소주나 한잔 그려 그려

주머니 돈이 쌈짓돈

좋아한다는 건

누군가를

좋아한다는 건

늘어지는 이야기가 아니라

간명한 행동이다

상바보가 되는 거다

가끔씩은 스턴트맨도 되는 거다

좋아한다는 건

논픽션으로 쓴 액션이다

좋아 죽겠다는 건

죽을 만큼 힘든 일이지만

그래서 좋은 거다

누룽지를 먹으며

누룽지를 먹으며 TV를 보다
툭
부스러기 떨어지는 소리에 얼른
검지로 부스러기를 찍어 손바닥에 담는다
그녀의 잔소리 교육빨이 제대로 받았다
설거지의 마무리는 마른 행주로
싱크대의 물기를 닦아 내면 끝이다
침대 정리는 아무리 노력해도
그녀만큼 깔끔하지 못해서
두 번 정리하기 번거로우니
언제부턴가 몸만 쏙 빠져 나오면 된다
뭔가 수상쩍은 허술한 침대 정리다 그리하여
잔소리와 함께 침대 정리는 그녀 몫이다
나의 허술함과 그녀의 잔소리는 이음동의어다

속물

뭐 그리도 잘난 척
까칠하게 살았는지
돌아보니 부질없네

마치 세상 이치 깨달은
도인인 척하고 사는 건 재미없어

누구라도 다가오면
즉시 부대끼고 비벼대다
스리슬쩍 스며드는
날라리 속물이고 싶네

날개를 접는다는 것

그대가 기쁜 척만 해도

난 넋 놓고 웃지

그대의 우울에

난 손 놓고 고민하지

비록 갈 길 아직 멀지만

힘겨운 그대

지친 그대

그대와 함께

쉬어가기 위해

잠시 날개를 접는 거라네

섞여야 예쁘다

온통 붉은 꽃밭에
파란 꽃 몇 송이 노란 꽃 몇 송이
섞인다고 배척하지 마라
온통 파랗고 온통 노란 꽃밭에
붉은 꽃 몇 송이, 희거나 검은 꽃 몇 송이
스며든다고 등 떠밀지 마라
보라, 섞이고 스미니
저리도 예쁜 걸

벽

빗장을 풀고 안으로 들어가
내 안의 벽을 찾았으면
이제 허물어야 해
무너지기 전에

갈 수밖에

느끼고 있겠지
각자의 그림에 대하여
각자의 시에 대하여
인생을 논하다가
각자의 생각대로
출력된 언어에 대하여
이미 뱉어 버린 말을 어쩌겠나
그걸 어찌 돌이킬 수 있겠나
그렇게
갈 수밖에

비 오는 날
― 춘천아트마켓

비 오는데 어쩔까요

어쩌긴 열어야지

나오는 건 의무가 아니라 자유

상단 행수 가슴에 막걸리 스며들어

삼삼오오 돗자리 깔고 앉는데

노래가 날고 이야기 춤추니

색소폰도 비에 스며 흐느끼는데

작은 우산 하나 받쳐 든 연인

발길 멈춰 살며시 포옹하더니

이내 그림 속으로 들어가

뜨겁게 키스하는데

셀러는 그러거나 말거나

봄비처럼 느긋하다

한 나절 한 점도 못 팔고

빈손이지만 자유만큼은 두툼하다

불량 셀러
— 춘천아트마켓

꼰 다리가 편해
피던 담배를 감출 필요 없어
하던 대화는 계속해야지
보거나 만지거나
손님 뜻대로
저기요
먼저 말 걸면 그제야 대꾸하지
시장의 자유가 아니라
자-유-시-장
여기는 비자본주의
손님과 셀러는 동등하다

3부

엄니와 데모꾼

엄니와 데모꾼

고분고분하지 말고 일부러라도 틱틱거려야
데모꾼 자식 둔 엄니들은 가끔 그게 익숙할 때가 있어야
그래야 아이구 저늠 승깔 하곤 딱 지애비 닮아서리
하믄서 먼저 죽은 남편 생각하는 거라야
헌디 이늠아 제발 이늠아 넘 앞장서다 다치지 말구 중간만 해라잉 그라시지
그라믄 아구 아구 알았다닝께 또 그라시네 허지
참 그 소리 들을 날도 얼마 안 남았제
그케 생각하믄 눈물 나야

시민혁명

말들로 무성하다
저마다 핑계로 무성하다
무상하고 무성한 놈들로 아우성이다
머리는 하난데 귀도 없고 눈도 없고
세 치 혀만 무성하다
무성한데 정작 그늘이 없다
보라, 세 치 혀들아
무성하진 않아도
시,민,혁,명
눈높이만큼
그늘 큰 나무 나지막이 서 있다

바보들의 이야기

세상이 아프다고 아픈 척하지 마라
아픈 세상 때문에 진짜 아픈 사람 통곡할라
인생사 기뻐도 적당히 웃어라
바보처럼 사는 사람 따라 웃기 힘들다

늘상 그렇고 그런 날에
누군가는 특별한 날이라도
같이 울고 같이 웃는 거
그건 또 뭐였던가
멍 때리는 바보들의 이야기지

바보들 끼리끼리 느슨한 게
그만큼의 빈틈이
같이 우는 눈물만큼 빈 자리가
서로 좋은 바보들

채송화 혁명

색색의 채송화 꽃무리에
혁명이 스며들어
온 세상에 향기를 내뿜었다
꽃송이 송이마다 마침내
혁명의 씨앗이
가루탄약처럼 영글었다
채송화 혁명은 이미 진행 중인데
얼치기 마르크스-레닌주의자들은
책 속에 누워 있는 혁명에 관해
꼰대처럼 가르치려 애썼지
뭐 그리도 어렵게 씨부려대는지
씨 없는 말만 허공에 흩어지는지
꼰대들의 혁명은 불임의 꽃

노동자

자본가의 손가락이 아파
짓누르지 못하도록
짓누르면 짓누를수록
제풀에 나가떨어지도록
단단하게 진화하거라

대답

대답은 즉시 하는 거다
그게 진짜 답이다
만약 눈빛을 알아챈다면
눈빛은 말보다 빨라
더욱 훌륭한 답이다
머뭇거리고 수정하고
편집하는 동안
진실은 증발한다
그러므로
이 글도
증발하고 있다

관계

관계가 뭐야?
관계란 어울림이지
어울렁더울렁 얽히고설키는 거지

모르겠는데?
관계란 바람이지
실바람처럼 소리 소문 없이 흐르다
이름 모를 강 언덕에서 새로운 바람을 만나는 거야
그리하여 공명할 수 있다면
부둥켜안고 함께 가는 거야

그래도 모르겠는걸?

관계란 판단 때론 고르디우스의 매듭 같은 거야

참 냉정한 말이지

여하튼 관계란 뭔가에 대한 답이 있다면

무답이 정답 같아

3차원으론 풀 수 없는 고차방정식

참 난해한 말이야

부서진다는 것

먼 바다를 달려와
부서지는 파도는
파도의 기억마저
던져버리고
비로소
그때서야 비로소
다시 바다로 돌아갈 수 있었네

영금정에서

비바람이 거문고를 뜯다
선녀의 날개 춤에 무지개 피다
스크럼 짜고
나와 우리를 포함한
모든 을들을 위하여
소주 한잔 건배
투쟁! 투쟁!
거문고 소리 뺨을 때리다

회사 택시

늦은 밤 택시 기사가
담배 한 개비 꺼내 물고 불을 댕긴다
오늘 하루 굴러갔던 바퀴의 거리를 가늠하면서
네 식구의 생을 계산하고 있다
오천 원짜리 몇 장, 만 원짜리 몇 장
오만 원짜리는 한 장도 없는데 천 원짜리만 우라지게 많다
술 취한 손님의 세상 타령과 카오디오 뽕짝은
엇박자로 돌아가는데
늙은 기사는 우울한 지폐를 만지작거리면서
오늘의 마이너스 삶을 세고 있다
담배 연기에 잠시 머물다 흩어지는
아련한 추억은 한 시절 꿈이었다

가려움증

개돼지들에게 망각은 빛의 속도라
걱정 붙들어 매라면서 키득거리네
절대 잊지 말아야 할 것들을
이내 잊고 살 수밖에 없는 삶
그래서 개돼지 취급당하는 건가

개돼지보다 못한 잡것들이
개돼지로 취급해주니 오히려 눈물겹다
허리띠 졸라매라거나
힘들어도 인내하며 살라는 건
탐욕을 은폐하고 유지하려는
그 잡것들의 언어일 뿐

가려우면 긁는 거다

마르크스의 유언

이념으로 나의 관을 만들지 마세요
나의 전문가인 양 하는 그대여
내 안에 그대를 가두지 마세요
그대 안에 나를 가두지 마세요
차라리 그냥 나를 딛고 가세요
현실이 버거운가요
누군가 단지 꿈일 뿐이라고 속삭이나요
회유는 달콤해도 독 묻은 사과일 뿐
유혹에 넘어가지 말고 탄압에 쫄지 마세요
한 걸음 한 걸음 독하게
그대와 같은 그대들과 뚜벅뚜벅 가세요
그곳에 언제나 내가 있을 겁니다
그리하여 훗날, 해방의 그날
그대와 그대들을 괴롭히던 그놈이
내 무덤 앞에서 무릎 꿇고 눈물을 흘릴 겁니다

그때는 따뜻하게 보듬어주세요
그대의 용서로 그놈은 연기처럼 사라질 테니
그러나 그때까지 이것만은 잊지 마세요
해방행 기차의 동력은
지식이 아닌 행동이란 것을
이론이 아닌 실천이란 것을

촛불

간절한 염원
한 점
보태러 간다

자유가 뭐냐고?

무수한 사람이 걷고
많은 사람이 뛰고
또 수많은 사람이 기어가지
각자 또는 무리 지어 가고 있어
어디로 가는지 모두 제각각이야
다양하고 변화무쌍한
삶에 대한 이야기를 하고 있는데
평균 속도 평균 방향이라니
무슨 귀신 씨나락 까먹는 소리인가
타인의 자유를 침해하지 않는 한도 내의 자유란
말장난, 구속의 다른 이야기
결국 자유롭지 않다는 것
자유란 평화가 전제된 불협화음이잖아
불협도 화음으로 인정하는 공존이잖아

저항에 대하여

상-호-공-존
우리와 그대가 함께 일해서
그대가 우리보다
엄청 많이 가져가 버려
우리는 배곯을 지경이니
서로서로 배려하고 나누면서
평온하게 살자 하니
차라리 죽으면 죽었지
가진 거 뺏기기 싫다 하드만
허튼 소리 말라면서
절벽으로 내모는데 어쩌겠어
저항할 수밖에
투쟁할 수밖에
그대도 힘들었겠지만

우리도 정말 힘들었어
다음 세대엔 부디
그대의 아이와 우리의 아이가
더불어 평온한 세상에서
어깨동무하고 살길 바라

왕년에

나를 희생해야 할 그 시점에
망설임 없이 결단했다 라는 말
세상의 모순에 대항해 온몸 다 바쳐 싸웠다 라는 말
그 무용담을 뭐라 하는 얘기가 아니여 고생했어
문제는 말이여 아직도 멀쩡한 놈이 지금은 왜
주댕이만 나불대고 있느냐 그 말이여

넋두리 변증법

무노동 무임금 구속 수배 해고 징계, 그들은 치밀했고 과학적이었다 돈과 생존은 다른 것이 아니어서 투쟁 앞에 늘 핑곗거리를 찾아야 했다

밀어붙이는데 당할 재간 있겠나, 적당한 변종 타협안 그렇게 또 한 번 최악의 선택지를 선택의 여지없이 받아들이겠지 노예로 길들여지다 머잖아 내팽개쳐지겠지

비판만 하지 말고 대안을 말해봐, 이길 수 있다는 과학적 근거를 대봐

근거는 간단해 희망을 잃지 않는 거야 패배주의를 도려내고 탄압의 트라우마를 극복하는 거야 놈들의 권력을 과대평가하진 말자고 그대도 알잖아 권력이란 화무십일홍이란 걸 나와 그대와 모두의 생존전략 단결투쟁 희생과 고통을 견디는 것 그게 바로 과학이야 우리 모두의 실존을 위한 싸움 지면 안 되는 승부수 단결투쟁 그게 바로 승리의 과학적 근거지 부디 과학을 추상으로 변질시키진 말자고

4부

혁
명
의

징
조

파업 소풍

정세를 분석해야지 소나기는 피해가는 법이니 지금은 칼을 갈자고 갈면서 때를 기다리자고

예나 지금이나 매번 똑같은 말 똑같은 논리로 실천은 절뚝거렸지 그걸 깨야 해

파업은 일상으로부터의 탈출이야 일상의 족쇄를 깨부수고 해방 진지를 만드는 거야 반격을 위한 전진 기지

초췌해진 우리의 언어 망설임의 비겁함 그것부터 공격하자고

파업은 바람이야 바람이 휩쓸고 지나간 자리 총파업 진지 해방의 카페에서 자유 평등 평화 시대의 불온을 결의하자고

99%의 희망을 짓밟은 후에야 비로소 안도의 한숨을 내쉬는 폭력을 잔인함을 속임수를 박살내 보자고

파업은 소풍이야 잠 못 들고 뒤척이다 새벽녘에 잠든 아이 같은 설렘이야 자, 손잡고 소풍 가자

철근 노동자
— 고故 이철복 동지

단결을 모르고 투쟁은 더욱더 모르고

노동조합은 먼 나라 얘기인 양

차라리 바보처럼 살 걸 그랬나 보다

밀린 임금 밀린 채로

컵라면 삼각김밥 먹으면서

주린 배 움켜쥐고 거지처럼 살 걸 그랬나 보다

노가다 인생이지만 길거리 활보할 수 있고

때로 일감 있으면 노동도 할 수 있는 걸 감지덕지하면서

그냥그냥 노예처럼 살 걸 그랬나보다

그랬으면 살았을 텐데

그렇게 맞아 죽진 않았을 텐데

일 한 돈 달라는, 죄 아닌 죄 때문에

사장에게 맞아 죽던 날

마른하늘 날벼락은 법과 원칙을 정조준했지

유전무죄 무전유죄
썩어빠진 그 법과 원칙이
노조원을 생트집 잡아 옭아매더라도
어깨 걸고 함께 갈 걸 그랬나 보다
그랬으면 살았을 텐데
그토록 어이없이 비참하게
몰매 맞아 죽진 않았을 텐데

청량리 혁명광장

 내가 두 병 사 왔잖여 자넨 뭐여?

 알았어 알았다구 꼬불쳐 둔 돈 있는 건 귀신같이 안다니깐, 이슬 세 병에다 마트 랍스터 두 개 콜?

 그려 헌데 쓰벌 지난 촛불 때 나도 거기 있었는디, 문인가 달인가 문언지 뭐시긴지 거시기 됐다는디

 세상 좋아지긴 좋아진 겨? 아니믄 아직도 좋아지길 기다려야 하는 겨? 좋아졌으믄 식구가 점점 줄어야 하는디, 저 봐 쟤 하나 또 늘었잖여 어이, 조까튼 세상 한잔 쭈욱 들이켜 봐

 이파리 성긴 그늘 밑, 낮술 타령 틈새를 비집고, 한여름 강렬한 햇볕이 파고드는데, 조까튼 세상은 술잔에서 반짝 출렁인다

 웨라유컴프럼, 자넨 어디서 왔는가?

 도시의 유령! 묻지 마쇼

 미안 미안 헌디 컵라면 국물이 땡기네

 내 갔다 오겄소

 에이 더러운 세상 확 갈아엎어야지 쓰레기가 판치는 세상 썩어도 너무 썩었어

맞어 맞어 권력자는 죄다 쓰레기들, 그렇지 않은 거 같은 놈도 권력만 잡으면 썩어문드러지니 에이 쓰벌 조까튼 세상 확 갈아엎어야 돼

이구동성 '확 엎어야 돼'를 위하여! 혁명 전략이 만장일치로 결의되고 있었다 담배 연기에 스며든 불온한 혁명 구호는 한여름 햇볕에 달구어지는데 문득 그리운 얼굴들이 눈에 밟히고 있었다 남편인, 아빠의 눈물이 술잔에 떨어지고 있었다

에이휴 쓰벌 자자자 들이키자구 위하여!

투쟁밥
— 6·3 삼척 동양시멘트 투쟁

우리의 종착역은 비록 멀지만
포기하지만 않으면 닿을 수 있는 곳
아픔과 희생 없는 투쟁이란 비겁자의 언어일 뿐
껍데기는 보내고
우리는 당당하게 아프고
당당하게 서러워야 하네
아픔이, 서러움이 깊어지는 만큼
분노도 투쟁도 연대도 깊고 치열해지겠지
탄압이 거세면 거셀수록
가슴 펴고 어깨 걸고
한 치도 물러서면 안 되네
눈물이 흐르면 흘린 만큼
더욱 치열해지면 되는 것이네

투쟁밥 짓고 사는 게 우리의 숙명
투쟁밥 먹고 사는 게 우리의 숙명
옛말에 밥심으로 산다고 했으니
여럿이 오래 먹을 수 있도록
맛있게 많이많이 지어보세나
종착역은 아직 멀었으니 말이네

불쌍해서 어떡해

　가만히 있으라 꽃봉오리 남겨둔 채 몰래 빠져나온 네 이놈! 네놈과 개새끼의 안도 섞인 음모를 타전하는 핸드폰에선 주판알이 튕겨지고 돈다발은 파도를 타고 항구로 밀려드는데, 참담한 국가의 장밋빛 약속어음은 나팔수들의 물타기에 경제관련 부처의 공갈질에 갈가리 찢겨져 아이들과 함께 수장당했다

　체육관에서 팽목항에서 광장에서 거리에서 방방곡곡 합동분향소에서 가득했던 통곡도 잦아지고, 진실을 패대기친 권력이 끊임없이 재생산하는 거짓말과 그 짓거리에 장단 맞추는 기레기들의 물타기, 대통령이 흘리는 악어의 눈물, 아 위대한 대한민국, 그곳에선 희대의 막장드라마가 방영되고 있었다

남루한 차림의 노인 둘이 공원 한 구석에서 소주를 마시며 노예의 기억을 안주 삼아 건배를 하고 있다, 이만큼이라도 사는 게 누구 덕인지도 모르는 빨갱이 새끼들, 씹던 쥐포가 사방으로 튄다, 일편단심 백성 걱정 혼자 살아온 마마님이라며 '마마님 불쌍해서 어떡해' '불쌍해서 어떡해' 소주 세 병을 비울 때까지 어떡해 타령이다, 딱딱한 수입 쥐포 씹는 소리가 유신을 곱씹으며 추임새를 넣고 있다 "종북 빨갱이 쫑간나 새끼들" 노인들의 자식 손주에게 욕을 퍼붓고 있다 누워 침을 뱉고 있다

인사청문회

　서로 마주보고 상대 뺨 때리기 하든, 도끼로 자기 발등 찍든 남의 발등을 찍든, 불륜과 로맨스의 차이에 대해 피 터지게 논쟁하다 결국 네가 죽든 내가 죽든 치킨 게임을 하든 말든, 밀어붙이든 지명철회를 하든, 지적질 하는 놈들이 자격이 있든 없든, 상관없다만 '적폐는 적폐다'라는 엄연한 사실을 어떠한 이유나 변명으로도 비틀면 안 된다는 거다 설마 벌써 촛불 민심을 잊지는 않았겠지?

혁명전야

　밤새 함박눈이 내렸고, 눈 쌓인 광장에서 혁명은 스스로 고립되었다 고립이란 때때로 평온한 것

　딱 그만큼의 고립을 바라던 염병할 TV는 작정하고 벙어리가 되었다 절대 말하지 않았다

　고립된 광장에서 혁명이 유령처럼 탈출했다고 탈출한 혁명이 유령처럼 집집마다 간절한 희망 등 하나씩 밝히며 다닌다고 숨죽이고 지켜보던 가슴, 가슴마다 불온한 촛불 하나씩 점등하러 다닌다고 온 세상이 환해지고 있다고

　그 염병할 TV는 절대로 말하지 않았다

불꽃처럼 살다 바람처럼 간*

이보시게 김한상 동지
정녕 그댄 붙잡을 수 없는 바람으로 떠나시는가
그렇게 바람처럼 가시다니 참말이지 그대답구면
맞네 그댄 스스로 바람이었네
그대가 바람이란 걸 그대가 떠나고서야 알았다니
그래 그댄 우리에게 투쟁의 바람 해방의 바람
시나브로 가슴 벅차게 부는 산들바람이었네
그대의 혁명, 미처 못 다한 그대의 말들
이제 누가 그대를 대신해 불온한 시대의 역모를 이야기하겠나
도도하고 엄격했지만 따듯함과 배려도 겸비했던 그대
아직도 사무치는데 그대는 정녕 떠나시는가
그대의 취중진담, 정곡을 찌르는 해법
그건 살아 펄떡거리는 날것, 바로 혁명이었네
그대는 우리를 깨우는 죽비였고, 혁명의 노래였네
불꽃처럼 살다 바람처럼 간 노동운동가여 동지여
남은 일들일랑 걱정 말고 부디 잘 가시게
그대의 부인과 외동딸 정이는 우리가 챙길 걸세

투쟁도 혁명도 없는 해방 세상 하늘에서 편히 쉬시게
비록 오늘 그대가 먼저 길을 떠나가지만
언젠가는 우리 모두 가는 길 아니겠나
가는 날 기별할 테니 조촐한 술상이나 봐두시게
살아생전 그랬듯이 허허대며 밤새워 술잔 기울여 보세
부디 잘 가시게

* 2017. 2. 5 마석 모란공원에서 고故 김한상 동지를 추모하며

파도는 연인이다

시리도록 세차게 바람 불던 날
바람에 쓰러지기 싫어
파도에 부서질까 두려워
묵직한 닻을 내린다
쉬고 싶다
닻을 내린 건 내 판단이었다
아니다 그건
동지, 그대와 함께한 거였다
예전엔 몰랐다 그대여 고맙다
바람은 여전히 시리고 세차게 불지만
이젠 닻을 올리고 파도를 만날 때
그대여 그때 그랬듯이
비록 작은 배지만 함께 오르자
파도를 기꺼이 받아들이자
파도가 우릴 삼켜버릴 때까지
파도를 사랑하자
파도는 늘 우리의 연인이었다

뻰찌

2만2천 볼트 전기원 노동자
스치기만 해도 치명적인 고압선
비록
전봇대 껴안고 뻰찌 하나로 살아왔지만
썩은 정치권력처럼 비굴하진 않았다
사기치지 않았다
숙명처럼
전봇대 연인을 만나
그토록 오랜 세월
몸 부비며 살았을 뿐
몸 부비다 타버린들 어쩌랴
그대를 사랑한 것을

연꽃 혁명

연꽃이 폈어
펴야 할 때 피었을 뿐이지
한참 피고 있는 그때
질 때를 생각했어야 했어
말은 쉽지만
피면서 질 때를 고민하는 게
그리 쉬운 일인가
여하튼
꽃잎 시들고 지면서
진한 향기 옅어질 즈음
그때부터 연꽃은 다시
자신을 응축하고 있었던 거야
꽃과 향기의 폭발을 위해
시들고 져야 비로소
미래를 잉태할 수 있는 것

연꽃 향기 옅어지면
나도 시들고 져
시들고 지는 모든 걸 딛고
혁명의 씨앗은 영글겠지
그 꽃과 향기 일상으로 스며들어
마침내 폭발하겠지

소소한 이야기

먼 옛날 산업이 어쩌구저쩌구했다더니
지금은 과학이 혁명하는 중이라고
정보니 알파고니 덩달아 혁명한다고
감성도 없는 잡스런 것들이
감히 혁명까지 들먹이더니 심지어
책 속에만 있는 혁명이라고 씨부린다
지랄도 풍년이다
누가 감히
혁명에 납덩이를 매다는가
감성 없는 혁명은 가짜 혁명
혁명은
감성을 옥죄는 불안과 부조리를 깨부수라고 있는 것
그리하여 평온을 유지하는 것

혁명이란

가끔씩은 느긋하게 심심해도

전혀 문제될 거 없는 일상을 만드는 것

혁명이란 단어는

가진 자, 특권층의 언어가 아니다

민중들의 소소한 이야기다

고故 백남기 어르신 분향소

춘천 팔호광장
십중팔구 전선이 쳐지겠지
진짜 폭력범은 뒤에 숨고
전경들과 대치하게 되겠지
도발하면 싸워야 하나
아무렴 싸워야지
국가 폭력이라는
썩은 권력이라는
중증의 병
어르신께서 가시는 길
부디 함께 가져갈 수 있도록
어린 전경들의 미래를 위해
내 새끼를 위해
철없이 도발하면
아무렴 싸워야지

조까튼 국가

구부정한 생을 접어

리어카에 싣는다

폐박스 삼천 원어치 무게를

차마 감당하기 힘겨워

삼 초에 한 걸음

도로를 기어간다

한때는 산업역군

누군가의 아버지

그 아픈 국민을 방치하는 조까튼 국가

여기는 어디냐

빵빵대는 네 놈은 또 누구냐

버르장머리 엿 바꿔 먹은 놈

정치는 왜, 어떻게 죽었나

정치란 밥이다
먹어야 사는 세끼 밥이다
밥에 재 뿌리지 마라 죄 받는다

 정치 혐오증이라는 악성 전염병을 퍼뜨리는 정치 모리배들 때문에 정치는 실종됐는데 국민은 정치를 찾아낼 의지도 기력도 없었다 실종된 정치를 국가가 기어코 찾아냈을 때는 이미 정치는 탈진 상태였는데, 그나마 국가는 국민 몰래 야금야금 먹어버렸다 거대 언론도 함께 나눠 먹었는데, 정치를 먹어 버린 그 국가와 언론을 이번에는 자본이 삼켜 버렸다 그렇게 정치는 죽었다

선돌을 바라보며

세상이 거꾸로 도니 거짓도 마치 진실인 양 설쳐대는 탓일 게다
참다 참다 뿔난 머털도사가 뭉게구름에 장독대를 태우고
거짓된 놈들을 응징하러 출정하셨단다
부재중이니 인사도 못 드리고
부디 거짓된 놈들 싹 쓸어 버려 좋은 세상 만들어 달라고
응원 겸 안부 전해 달라 바람에게 부탁하고 발길을 돌린다

혁명의 징조

폭염주의보가 내렸다
주유소 직원은 비지땀을 흘리는데
서너 평 사무실 에어컨은 사 년째 장식품이다
사장 놈은 코빼기도 못 봐요
가끔 나타나서 에어컨 켜져 있으면
문 열고 선풍기 틀면 된다고
난리 부르스를 쳐요 에이 씨발놈
그 꼬라지 보기 싫어 안 켜는데
오늘은 그놈이 지랄하든 말든
켜야겠어요 진짜 조까튼놈이죠
폭염에 혁명이 날을 세우고 있었다

발
문

———

'엄니와 데모꾼'에 부쳐
― 친구 종수에게

정현우 (화가 · 시인)

나는 그대가 한때 문학 소년이었다는 사실을 알고 있는 몇 안 되는 친구 걸세. 그래서 이런 편지도 쓰게 된 거겠지. 우리의 문학 소년 시절이 생생하게 떠오르는구먼. 당시 그대는 우등생이었고 나는 불량 학생이었지. 우린 단 한 번의 백일장에서 만나 친해졌어. 문학이 우등생과 불량 학생을 친구로 만든 거지. 문학의 힘이었어. 우린 주로 점심 시간에 만났어. 우등생과 불량 학생이 하교 후에 어울리는 건 현실적으로 쉽지 않았던 거야. 그대는 공부하기 바쁘고 나는 놀기 바빴으니까. 그대가 주로 내가 있는 교실로 오곤 했었지. 우열반이 있던 시절이었잖아. 아무래도 우등반 학생이 열등반 교실을 방문하는 게 조금은 덜 쪽팔리는 거라고 합의를 했던 거 같아. 만나면 주로 문학 얘기를 했었지. 황순원의 『카인의 후예』 얘기를 했었고, 김수영의 「풀」 얘기도 했었고, 헤르만 헤세의 『데미안』 얘기도 했었네.

고3때 나는 학교를 떠났고 우린 헤어졌지. 객지를 떠돌다 돌아와 네 소식을 듣곤 했었어. 우등생이 느닷없이 불량 학생이 되어 싸움질을 하고 다닌다는 얘기를 들었을 땐 몹시 안타까웠네. 그러면서도 우정에 동지애가 더해진 것 같은 친밀감을 느끼기도 했다네. 세상을 볼 수 있는 좋은 경험일 거라고 생각했어.

그대가 노동운동가가 됐을 땐 그대가 내 친구라는 게 몹시 자랑스러웠다네. 그리고 누구보다도 잘 할 거라고 생각했어. 머리 좋지, 싸움 잘하지, 말 잘하지, 정의감 강하지, 낭만도 있지······ 언젠가 그대의 단식 경험을 듣고 나도 단식을 했었어. 투쟁 단식도 아니고 건강 단식도 아닌 맹목적인 단식이었네. 지금 생각해 봐도 잘 모르겠어. 무슨 부채 의식 같은 거였을까? 그대가 집시법 위반으로 구치소에 갔었을 때, 면회를 갔던 기억도 나는구먼. 그때 나는 '친구'라는 짧은 에세이를 쓰기도 했었지.

"한미 FTA 반대 시위를 주동한 혐의로 경찰서 유치장에 갇혀 있는 친구를 만나러 갔습니다. 며칠 후면 교도소로 넘어간다고 합니다. 이십여 년을 민중의 편에 서서 삭발과 단식을 반복했던 친구입니다. 사실 나는 FTA에 대해 잘 알지 못합니다. UFO보다도 모릅니다. 하지만 분명한 것은 가난한 사람들이 더 이상 자본의 노예가 되어선 안 된다는 것입니다. 이념의 궁극은 사회주의든 자본주의든 다 같이 잘 먹고 잘 살자는 것입니다. 분배의 방법이 다를 뿐입니다. 없는 놈이 있는 놈에게 계속 보태 주어야 하는, 노블레스 오블리주도 없는 천민자본주의의 끝은 공멸입니다. 입술이 부르튼 친구에게 기왕에 들어간 학교(감옥)니까 공부 많이

하라는 말 외에 할 말이 생각나지 않았습니다. 시집 한 권을 넣어주고 돌아오는데, 자꾸 눈물이 났습니다."

자주는 아니지만 우린 끊임없이 만났었네. 그대가 춘천 시장에 출마했을 땐 안 될 걸 뻔히 알면서도 설렜었네. 그때 그대는 내 제안을 받아들여 미군이 빠져나간 캠프 페이지를 예술 해방구로 만들겠다는 공약을 하기도 했었지. 꿈을 꿀 수 있다는 것만으로도 행복했었어. 우리가 자주 만나게 된 건 그대가 어느 지역 신문에 관여하면서였네. 나는 기꺼이 필자가 되어 원고료도 안 주는 신문에 연재를 했었지. 돌이켜 보면 아나키스트인 나를 그대는 끊임없이 사회로 끌어들였네. 때론 귀찮기도 했지만 그대 덕에 그나마 시대를 아주 외면하지 않고 살 수 있었네. 언젠가 우리는 체 게바라 얘기를 하면서 운동권을 싸잡아 비판한 적이 있었지. 이 나라 혁명가들은 낭만이 없다고. 체 게바라의 아우라는 낭만에서 기인하는 거라고. 그가 시를 읽고 음악을 듣지 않았다면 지금의 아우라는 생기지 않았을 거라고…….

이제 그대가 현역에서 퇴임을 하지만 그렇다 해도 그대의 투쟁이 끝나지 않는다는 걸 나는 아네. 좀 더 좋은 세상을 위한 앞으로의 행보가 기대되네. 가장 큰 바람은 그대가 좋은 시를 쓰는 거겠지. 그러나 너무 시에 집착하지는 말게. 시가 아니면 어떤가? 시를 써야 한다는 강박이 정말 좋은 글을 못 쓰게 할 수도 있기 때문일세. 산문이면 어떻고 잡문이면 또 어떻겠는가? 글이 좋으면 그만 아니겠는가?

시집에 수록된 시를 끄집어내 이러쿵저러쿵 해설을 해야 마땅한 게 발문이겠지만 나는 친구의 시를 해부하고 분석하고 싶지 않았네. 그대의 문학에 대해선 술 한잔 하면서 얘기하는 게 좋을 것 같구먼. 그대의 시 중에서 「인생이란」을 다시 읽어보며 이만 총총해야겠네.

> 식탁 위의 밥처럼
> 뜨거웠던 지난 시절을 조금씩 식히는 것
>
> 식탁 위의 촛불처럼
> 꺼져가는 불빛들끼리 조금 더 바라보는 것
> ─「인생이란」 전문

추신. 그래 이제 우린 '뜨거웠던 지난 시절을 식히며 꺼져가는 불빛'이 겠지. 하지만 누군가에겐 아직 등대일 수도 있다는 것만 잊지 말고 늙어 가세나.

2017년 가을
친구 현우가

에
필
로
그

평범해서 더욱 깊고
평범해서 만물을 품는다

이외수 (소설가)

이 세상 모든 물들은 낮은 곳으로 낮은 곳으로 흐릅니다. 흘러서 가장 낮은 곳에 이르러 마침내 바다가 됩니다. 그리하여 대자대비, 수많은 생명들을 공평하게 보듬어 키웁니다. 김종수가 경영하는 언어들도 마찬가지입니다. 전혀 특별해 보이지 않습니다. 얼마나 많은 분노와 고통과 눈물을 견디고 살았는지 굳이 드러내지 않습니다. 그의 언어는 대한민국 어디서나 볼 수 있는 평범한 옹달샘, 실개천, 시냇물과 흡사합니다. 그러나, 쉬지 않고 낮은 곳으로 흐르고 흘러서, 어느새 바다에 이른 잠언. 주름살이 깊어진 어머니처럼 세상 만물을 공평하고 따듯하게 보듬어 키우는 바다의 성품을 그대로 간직하고 있습니다. 그리고 읽을 때마다 가슴에 물빛 문신으로 깊이 새겨집니다.

그는 鬪士이고 同志이며 詩人이다

이문희 (국민건강보험노동조합 정책위원장)

투사가 시인으로 변한 것이 아니리라. 투사의 나날이 이토록 절실한 언어로 빛을 발함은 그가 살아온 역정의 진솔함과 치열함에서 기인된 것이리라. 육십여 편의 시를 달음질치듯 읽을 수밖에 없었던 것은, 가난했던 유년부터 늙은 노동자로 살아가는 지금에 이르기까지, 시대와 현장에 던진 온몸의 기록이기 때문이다. 추상같으면서도 여리고 수줍은 내면을 잃지 않았던 동지의 파노라마를 볼 수 있게 된 것은 내게 큰 행운이 아닐 수 없다. 그리고 동지와 남은 생애도 함께 갈 수 있으니 이보다 더 큰 행복이 어디에 또 있겠는가.

삶의 현장에서
상처 입은 재료들이 쌓아올린 기록

유정배 (강원도사회적경제지원센터장)

2008년 광우병 소고기 수입 반대 촛불이 세상을 밝힐 때, 광화문을 오르내리며 김종수 형과 나눴던 대화를 기억합니다. 시민운동을 하면서 고민했던 사회운동의 문제점을 얘기했을 때, 민주노총에서도 강성으로 알려진 정파에서 활동하는 것으로 알고 있던 형은 뜻밖에도 기꺼이 동의를 했습니다. 사회의 물적 기반이 달라지고 시민들 삶의 양식과 의식이 바뀌며 정치적 조건이 과거와는 뚜렷하게 구분되어가는 시기였습니다. 하지만 우리는 변하지 않았고 분열되어 있었습니다. 깊게 고민하고 대안을 모색해야 한다는 점에 서로 공감했던 그날을 기억합니다.

사회운동을 오래 한 사람들에게는 몇 가지 부정적 특징이 있습니다. 예언자적 소명 의식이 강합니다. 완고합니다. 사회적 덕성을 간과하며 때론 윤리적 가치의 중요성을 무시합니다. 민주주의가 제도 수준은 물론, 시민들의 의식 저변에서 살아 꿈틀거리는 시대에 적응하기 어려운 가치관이며 생활 방식입니다.

노동운동가, 김종수는 '가오'가 센 편입니다. 문제가 있으면 해결을 위해

백방으로 뛰어다닙니다. 정당한 해법이면 기성의 권위와 도그마에 굴하지 않고 '가오'를 잡습니다. 그래서 가끔 가까운 동지들과 갈등이 생겨 불면의 밤을 보내기도 합니다. 그리고 간간이 그런 '가오'를 글로 남깁니다. 이렇게 생겨난 그의 시는 단지 상상력의 구조물이 아니라 삶의 현장에서 상처 입은 재료들이 존재의 의미를 찾기 위해 스스로 쌓아올린 기록입니다. 김종수 시의 원천은, '가오' 있는 그의 삶입니다.

종수 형이 올해 퇴직을 한다고 합니다. '해고자'가 퇴직이라니? 노동운동에서 퇴직해서 더 넓은 시민의 세계로 직장을 옮기는 거겠죠. 오랫동안 숙성된 형의 인간에 대한 이해, 사회에 대한 식견이 생동하는 예술적 직관·감성과 뒤섞여 삶을 더욱 풍부하게 할 겁니다. 후배들한테 나눠주는 정과 의리도 더 넉넉해질 거고요.

은퇴 이후의 삶을 문학과 더불어 꾸려갈 종수 형에게 부러움과 축하의 말을 전합니다.

문학과 혁명 그리고 바다

조한경 (민주노총 강원본부 사무처장)

삶의 궤적을 글로 남기는 것에는 책임이 따른다. 지난날에 대해 겸손해야 하며, 남은 시간에 대해서는 진중해야 한다. 그 누구에게도 의미 없는 인생은 없기에 더더욱 그러하다. 형의 인생은 여전히 흐르고 있다. 나무 잎사귀로부터 떨어져 바위틈으로 흘러 미동조차 없던 세상으로 향하던 물방울처럼 지금도 흐르고 있다. 사춘기 소년에서 정년을 앞둔 노동자가 되기까지 문학을 노래하고 시대에 저항하며 혁명을 꿈꾸던 날들에 대한 애정이 곳곳에 보인다. 거칠게 쏟아내는 진정들이 쏘옥 가슴을 내민다. 그랬었구나!

우리가 흘러가야 할 곳에 대해 참 치열하게 얘기했었다. 그리고 변치 않았다. 사람이 사람답게 사는 좋은 세상 만드는 것. 그곳을 향해 흘러가는 형을 응원한다. 함께 흘러가면 마침내 그곳에 우리의 바다가 있을 것임을 믿는다.

그는 여린 사람이다

전흥우 (주간신문 『춘천사람들』 편집인)

그는 코 흘릴 때부터 대바지강을 보고 자란 춘천 토박이다. 육십 평생을 춘천에서 나고 자랐다. 서른 즈음부터 세상이 "조까튼" 것임을 알고 노동운동가로서 길 위의 삶을 살았다. 부러질 수는 있어도 고개 숙일 줄 모르는 그에겐 늘 '가오'라는 말이 붙어 다녔다. 때때로 '꼰대'라 손가락질을 받아도 그저 가소로운 '애기들'에 구애받지 않았다.

이순(耳順)을 앞두고 있어서인가? 아니면 해고자로서 은퇴할 나이에 이르렀음인가? 시집 구석구석에서 스산한 가을바람이 느껴지는 건. 이제 그도 "바람처럼 살고 싶단"(「바람은 쐬는 것」) '바람'이 욕심인 줄 알면서도 '바람'처럼 정처 없이 흐르다 머물고 싶은 모양이다. "자신도 모르게 모난 돌이 돼 / 화석처럼 굳어진"(「척」) 그래서 세상과 사람에 대해 "까칠한 놈 맞다"(「모난 돌」)고 했던 그도 세월에 마모돼 둥글어져 이제 '속물'이 되고 싶다고 한다.

실상, 그는 마음 여린 사람이다. 엄니와 아내와 딸과 동지들뿐만 아니라 사람에 대한 애정이 곳곳에 묻어난다. 그는 종수 형님이다.

나의 아버지,
인간 김종수의 오도송

김여정 (비주얼 아티스트)

불교의 선인은 깨달음을 얻을 때 그때의 상황과 마음가짐을 시로 남겼다. 그것을 오도송이라 한다.

내게 절대자 같던 아버지 또한 한 인간이라는 걸 알았을 때, 아버지도 나처럼 끊임없이 고뇌하고 성장해 가는 한 사람이라는 걸 알아가고 있을 때, 나는 이미 출가하여 아버지의 곁에 없었다. 그렇게 십오 년, 먼 곳에서 서로의 인생을 응원하며 아직도 살아가고 있다. 모난 성정, 세월의 바람 맞으며 둥그렇게 다듬어지시고 그의 삶의 소소한 깨달음을 이렇게 글로 남겨주시니 이것은 인간 김종수 인생의 오도송 아니겠는가.

이 시집의 시편들은 그에게는 오도송, 나에게는 만리타향 먼 곳에서 불어오는 아버지의 숨결이다. 이제 그가 다시 가야 할 길 위에 평온함이 동무가 되길 기원한다.

엄니와 데모꾼

1판 1쇄 인쇄 2017년 11월 10일
1판 1쇄 발행 2017년 11월 20일

지은이   김종수
발행인   윤미소
발행처   (주)달아실출판사

기획   박제영
편집/디자인   안수연
마케팅   배상휘

주소   강원도 춘천시 서부대성로 48번길 12, 2층
전화   033-241-7661
팩스   033-241-7662
이메일   dalasilmoongo@naver.com
출판등록   2016년 12월 30일 제494호

ISBN 979-11-960231-9-5 03810

* 이 도서의 국립중앙도서관 출판예정도서목록(CIP)은 서지정보유통지원시스템 홈페이지
  (http://seoji.nl.go.kr)와 국가자료공동목록시스템(http://www.nl.go.kr/kolisnet)에서 이용하실 수
  있습니다.(CIP제어번호: CIP2017026954)
* 잘못된 책은 구입한 곳에서 바꿔드립니다.
* 책값은 뒤표지에 표시되어 있습니다.